AF348152

RELATION DE

tout ce qui s'est faict &
passé par les Armées de sa
Majesté contre les Ar-
mées Imperiales, & Espa-
gnolles.

*Presenté au Roy par un Soldat
du Regiment des Gardes de sa
Majesté.*

A PARIS,

Par Guillaume Citerne Imprimeur & Libraire ordinaire
du Roy, Et Officier au Baillage & Varenne du Louure.
Rue d'Aras, proche la Porte S. Victor.

M. DC. XXVII.

Ce grand & puiſſant Roy, mer-
ueille des guerriers,
Plus faict voller ſon nom ſur la
Terre & ſur l'Onde
Que n'a faict ce Ceſar couronné
de Lauriers,
Faiſant voir ſes valleurs aux
quatre coins du Monde.

AV ROY.

✿ ✿ ✿ ✿ ✿ ✿ ✿ ✿ ✿ ✿ ✿ ✿ ✿ ✿ ✿ ✿ ✿ ✿ ✿

IRE,

Puis que le ciel m'a faict
naistre Soldat, & non
Poete, Ayant passé le
temps & espace d'vne partie de mes
ans souz la conduitte de vos estendarts, tant dans les Armées de Mon-
seigneur le Mareschal de la Force,
que dans le Regiment des Gardes de
vostre heureuse Majesté, & estant de-
meuré derriere par l'effort d'vne lon-
gue maladie : Mais ce grand Dieu
m'ayant redonné ma santé (attendant
l'honneur de pouuoir retourner ioin-
dre mot Capitaine) voyant & enten-
dant les grandes deffaites des enne-

mis, auec la reiouy ſſance de la France
SIRE) ſouz la permiſſion de voſtre
royalle Maieſté) i'ay pris l'aſſeurance de faire ce petit traicté (quoy
qu'indigne de vos charmantes oreilles) pour que la France (ioignant leurs
voix parmi mon eſcrit) puiſſions faire voller vos ſainctes merveilles iuſ-
ques aux quatre parties du Monde,
neaumoins qu'elles y ſoient de long
temps eſpandüe, & meſme dans le
Ciel ; prenant l'aſſeurance de vous le
preſenter (quoy qu'indigne pauure
& ſimple ſoldat) me ioüant mieux
d'vne eſpée reduite à voſtre ſeruice
que d'vne plume. Mais ſi Dieu
fauoriſoit tant qu'il fuſt, ſceu de
ſtre main liberale en chantant voſtre
puiſſance (qui eſt vne choſe ſans fin)
i'apprendrois à eſcrire de la main
gauche, conſeruant la droite pour

5

plus noblement dans l'exercice de
l'art militaire, vous faire paroiftre
qu'au peril de ma vie vous rendant
feruice, ie defire demeurer comme
i'ay efté, fuis, & feray eternellement,

SIRE,

De Voftre Majefté le tres humble,
tres obeiffant, & tres fidele feruiteur,
La Sablonniere.

L'HEVREVX TRIOMPHE
de la France sur les sanglantes
deffaictes des Espagnols.

ODE.

TRAISTRES sujects de nos mal-
heurs,
Execrables autheurs du vice,
Serpens cachez parmy les fleurs,
Espagnols remplis de malice,
Démons dont les corps abatus
Lasches sans ame & sans vertus
Gisent puans dans les poußeres:
Noirs auortons, enfans de dueil,
Loups dont les gueules carnacieres
Vont mordants la terre au cercueil;

Sachez infames criminels,
Que les astres iadis contraires
Dedans leurs tours continuels
Nous retireront de miseres :
Puis que par vn vouloir diuin
L'Armée du Duc d'Alluin
Vous a faict voir que dans la France
Les courages sont genereux
Pour corrompre vostre arrogance
Et vostre cœur ambitieux.

Grand ROY, Lumiere de nos iours,
Dont la puissante main chastie
Tous les peruers dans leurs destours
Qui ne cherchent que tirannie.
De ces peuples seditieux,
Qui par leur acte vicieux
Nous brassoient de si dures guerres,
Que sans vos iustes chastimens
La France eust senti les Tonnerres
Qui ne grondoient que leurs tourmens.

Le François ialoux de l'honneur
Et du bien de voſtre Couronne,
Ira franchement de ſon cœur
Pour conſeruer voſtre perſonne :
Car vos beaux & iuſtes deſſeins
Sont ſi tres loyaux & ſi ſains
Qu'il trauerſeroit feu & flame
De vous rendre honneur (glorieux)
Au peril du corps & de l'ame
Pour ſeruir vos actes pieux.

Tremble Eſpagnol à ceſte fois,
Car tu periras dans les Armes
De ce grand Roy, que maintefois
Tu as voulu meſtre en allarmes.
Ce grand inuincible LOVIS,
Et duquel nos yeux eblouïs
Admirent les douces merueilles,
Montrera que ta Royauté
N'eſt rien que pour garder tes treilles
Et ne troubler ſa loyauté.

9

Le Roy d'Espagne desireux
D'abbatre aux François le courage,
Est maintenant triste & honteux,
Et presque de despit enrage,
Voyant son peuple malheureux,
Perir, languir, manchot, boiteux,
Et la pluspart reduit en poudre,
Pasture aux chiens & aux corbeaux,
Donc le destin luy fit resoudre
A se cacher dans les Tombeaux.

Courage donc braues Soldarts,
Trauersons la Mer & la Terre
Pour conseruer les estendarts
De ce grand Merueille de guerre,
Renuersons ces traistres en bas
Par les efforts de nos combas,
Et faisons voir au Roy de France
Que de l'Espagnol glorieux
Nous rabatrons l'outrequidance
De ses desseins audacieux.

B

Ne voyons nous pas maintenant
Que Dieu l'aßiste & l'accompagne
Dans ses desseins qu'il va donnant
Tant sur la mer qu'én la campagne.
L'Espagnol qui auoit grand tort
Dedans Laucatte est mis à mort,
L'Infante en tremble de l'entendre.
Iean Devert est prés du trespas.
Gallas est tout prest de se rendre,
Et le reste suiure cés pas.

La Picardie aura repos,
L'Espagnol n'a besoin de rire:
Car ces autheurs de nos sanglos
Ont perdu le soin de nous nuire.
Abbatus d'vn dur repentir
Que le Roy leur a faict sentir
Par les efforts de ses Gendarmes,
Dont plus d'huict milles à l'envers,
(En leur donnant milles allarmes)
N'en troubleront les Boullevers.

La France qui le Roy cherit,
Et qui veut employer ses veilles,
Voyant mesme que l'enuie rid
Recitant ses grandes merveilles.
Par les doux accens de ces cris,
Criant tousiours, Viue LOVIS,
Au Ciel font porter sa memoire.
Adonc les Anges lumineux
Les assistant d'vne voix claire
En ont faict retentir les Cieux.

Les Parisiens desireux
De luy rendre action de grace,
Pour viure maintenant heureux,
Et toute leurs humaine race
Sont accourus à qui mieux, mieux,
Auec que leur chant gracieux
Peur voir ce grand Roy en sa gloire
Triompher de ses ennemis,
Et faire voller sa memoire
Dans le Ciel où il sera mis.

L'on a chanté ouuertement
Le Te Deum dans noſtre Dame,
Où s'eſt trouué le Parlement,
Par vn ſainct deſir qui l'enflame,
La Nobleſſe d'vn grand honneur,
Et tout le monde de ſon cœur
Rendoient graces au Dieu de gloire,
Criant touſiours, Viue le Roy,
Viue le Roy, dont la memoire
Sera de l'ennemy l'effroy.

Les honneurs furent exaltez
Auecque concerts de Muſique,
L'encens fumant de tous coſtez
Autour de ce Roy magnifique,
Qui tenant ſor Sceptre en ſes mains
Comme eſtant vray Roy des humains,
Et conſeruateur de la France,
Nous monſtrant ſon conſeil loyal
Eſtre d'vne belle prudence
Conduit d'vn ſage Cardinal.

Ce bel aſtre tout rayonnant
Noſtre ſouſtien & eſperance,
Dont les aduis qu'il va donnant
Sont les Colomnes de la France.
Ce Cardinal de RICHE LIEV
Triomphant dans ſon Riche Lieu
Prés de ce grand Roy debonnaire,
Et l'Archeueſque de Paris,
A l'heureuſe & riche memoire
Beniſſoient le nom de LOVIS.

Les Orgues d'vn ton gracieux
Charmoient d'vn chacun les oreilles
Faiſoient retentir les cieux
Du recit de tant de merueilles.
Les oiſeaux meſme eſtans eſpris
Du rauiſſement de ſes cris
Faiſoient ſilence en leur bocage,
Et faſchez de ne pouuoir point
Deſployer leur petit langage
Pour dire la ioye qui les point.

La Seine entourant ces honneurs
Auecque sa vague bruïante,
Semble à voir que dans ses douceurs
Elle appaise vn peu sa courante,
Où ses flots estant en repos
Iette sur l'azur de son dos
Ces poissons d'escaille azurée,
Qui fendant l'onde iusqu'au bord
couroient à la démesurèe
Pour entendre vn si doux accord.

Les Canons sont de toutes parts,
Qui de leur bruict fendent la nuë,
Les Soldats en maints lieux espars
Occupant la pluspart des ruës :
Donques les Corcelets brillants
D'aciers tres clairs & reluisants
Esgarent d'vn chacun la veüe,
Et semble à voir que le Dieu Mars
D'vn courage & d'vne ame esmeüe
Volle parmy leurs estendarts.

Le Soleil qui dore les cieux
Vient aduoüer que sa lumiere
N'a veu rien de plus gracieux
Faisant sa course iournaliere :
Ces rais pour le Roy adorer
Ne sont sans cesse que dorer
Le lieu plus sauuage & plus sombre,
Et de peur de ne le voir pas
Penetre le meilleur de l'ombre
Qui pourroit cacher ses appas.

Puis aussi tost que le Soleil
Voulut faire place à la Lune,
Faisant parroistre ailleurs son œil
Nous laissant dans vne nuict brune,
Les Bourgeois (d'honneur enflamez)
Les feux furent tost allumez
A vn chacun deuant la porte,
Auec des chants bien ouys,
D'vn sainct amour qui le transporte,
Benissoit le nom de LOVIS.

O DIEV qui tient tout en supos,
Et qui maintient les Roys en terre,
Que le François auroit repos
Si tu faisois finir la guerre.
Conserue nous ce bon LOVIS,
Et nostre clameur soit oüis
Au Ciel iusques à tes oreilles,
Te suppliant treshumblement,
Comme estant le Roy des merveilles
De luy donner le Firmament.

Grand ROY, l'honneur de tous les Rois,
Nostre soustien & esperance,
Qui faictes trembler souz vos lois
Les ennemis de vostre France,
Iettez les yeux dessus ces vers
Pour voir celuy que l'Vniuers
A choisi pour vous faire hommage,
Suppliant vostre loyauté
Receuoir ce petit ouurage
Indigne d'vne Royauté.

FIN.